학교에서
기적을
만났습니다

청소년시집 06

학교에서 기적을 만났습니다

초판 1쇄 발행 · 2022년 9월 15일
초판 2쇄 발행 · 2023년 6월 12일

지은이 · 김애란
펴낸이 · 한봉숙
펴낸곳 · 푸른사상사

주간 · 맹문재 | 편집 · 지순이, 김수란, 노현정 | 마케팅 · 한정규
등록 · 1999년 7월 8일 제2-2876호
주소 · 경기도 파주시 회동길(서패동) 337-16
대표전화 · 031) 955-9111(2) | 팩시밀리 · 031) 955-9114
이메일 · prun21c@hanmail.net
홈페이지 · http://www.prun21c.com

ⓒ 김애란, 2022

ISBN 979-11-308-1950-1   43810

값 14,000원

● 저자와의 합의에 의해 인지는 생략합니다.
● 이 도서의 전부 또는 일부 내용을 재사용하려면 사전에 저작권자와
  푸른사상사의 서면에 의한 동의를 받아야 합니다.
● 이 도서의 표지 및 본문 디자인에 대한 권리는 푸른사상사에 있습니다.

청소년시집 6

학교에서 기적을 만났습니다

김애란 시집

푸른사상
PRUNSASANG

다니던 직장을 그만두고 시골집으로 내려간 적이 있습니다. 엄마가 해 주는 밥 먹으면서 임용고시 준비를 하고 싶어서였어요. 왜 그리 엄마가 해 주는 밥이 먹고 싶던지요.^^

밥보다는 수험서를, 수험서보다는 소설책과 시집을 많이 찾았던 것 같아요. 어느 날 밤 툇마루에 앉아 하얀 달을 바라보고 있을 때였어요. 문득 조세희 소설에서 읽었던 문장이 떠오르더라고요.

함께 나누는 기쁨과 슬픔
함께 느끼는 희망과 공포

달을 보며 저 문장을 읊조리는데, 이상도 하지요. 달도 나를 따라 그렇게 읊조리는 것 같더라고요. 그날로 수험서를 덮고 본격적으로 글을 쓰기 시작했습니다. 보물처럼 싸 들고 와 깊숙이 숨겨 두었던 습작 노트를 꺼내 지우고, 쓰고, 다시 지우고…… 그렇게 많은 시간 글을 빚어 갔습니다.

시골의 빛나는 시간은 내 글이 제대로 빚어질 수 있게 느

려터진 걸음으로 지나는 듯 마는 듯 지나갔지요. 늙은 부모님처럼이나 느리고도 느리게 말이에요. 눈물겹도록 아름답고 황홀한 시골의 편린이었습니다.

　많은 시간이 내 글을 기다려 준 것처럼, 또 그렇게 내 부모님이 기다려 준 것처럼, 우리 청소년들에게 기다리고 있다고 말해 주고 싶었어요. 세상의 기쁨과 슬픔을 함께 나누고, 희망과 공포를 함께 느끼면서 느리게 자라라고요. 천천히 걸어가라고요. 많은 시간이, 어른들이, 친구들이…… 함께 기다려 줄 거라고요.

고향이 가까운 용인의 어느 아름다운 산골짜기에서
김애란

제2부   그 고시원엔 고딩이 산다

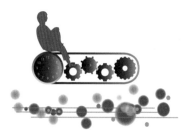

제3부 　한바탕 랩

제4부 기적을 만났습니다

제1부

카톡으로 말 거는 선생님

선생님이 된 날

늦잠 자다 3교시 중간에 들어갔다

담임 시간이다

왜 늦었냐고 혼내시던 담임

갑자기 역할을 바꿔 보자 하신다

내가 너고 너는 이제 선생님이다

선생님 눈으로 나 같은 애가

이해가 가는지 한번 생각해 봐라

그러고는 나를 선생님 자리에 서게 하고

선생님은 내가 서 있던 교탁 앞으로 가신다

선생님, 저 오늘 늦잠 자서 지각했어요

늦잠을 자도 너무 자서 3교시에 학교 왔어요

고개 푹 숙이고 내 흉내를 내신다

나는 내가 선생님이라면 어찌할까

잠깐 생각하다가

그래, 다음부터는 그러지 마라

부드러운 말로 타일렀다

* 이 시는 구자행 선생님의 산문집 『국어 시간에 뭐 하니?』에서 차용.

쉬운 일이 없다

오늘 재석이랑 치고받고 싸웠다
집 나간 엄마 얘기를 하기에 욱해서
나도 모르게 주먹이 날아갔다

교무실에 불려가 담임한테 혼나고
억울해서 인사도 안 하고 집에 왔다

재석이가 미운 것도 아니고
담임이 미운 것도 아닌데
왠지 자꾸만 화가 난다

저녁밥 굶고
이불 뒤집어쓰고 누우니
우주 미아 된 기분이다

뭐 해?

그냥 있어요

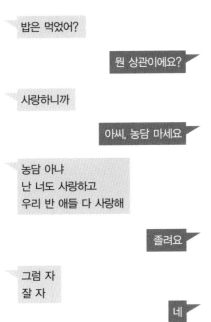

밥은 먹었어?

뭔 상관이에요?

사랑하니까

아씨, 농담 마세요

농담 아냐
난 너도 사랑하고
우리 반 애들 다 사랑해

졸려요

그럼 자
잘 자

네

내가 사고 친 날엔 어김없이
톡을 날리는 담임 때문에
우주 미아 되기도 쉬운 게 아니다

바보 같은 선생님 때문에

오토바이를 타고 쌩쌩 달리면
내가 달리는 반대 방향으로

술 취한 아빠의 폭력이 쌩쌩 달리고
성난 엄마의 욕설이 쌩쌩 달리고
나뒹구는 가구들이 쌩쌩 달리고
동생들의 울부짖음이 쌩쌩 달려서
내가 닿을 수 없는 곳으로
싹 다 날아가 버린다

나도
아무도 닿을 수 없는 곳으로
쌩쌩 달려서 흔적도 없이
날아가 버리고 싶은데
참 이상도 하지
어디선가 쌩쌩 날아와서 내
뒷덜미를 낚아채는 선생님 말씀

미안해, 내가 다 잘못했어

잘못한 것도 없으면서 잘못했다고 비는

참 바보 같은 선생님 때문에

오토바이를 타다 말고 학교에 가 보기로 했다

담배 골목

아이들이 피우는 담배 연기로
가득 찬 골목
학교에서 야단맞고
엄마한테 걱정 듣고
가슴 답답해질 때면
그곳에 간다

그곳에는 문신한 형이 있고
담배 피우는 누나가 있고
욕하는 또래가 있고
껌 씹는 여동생이 있고
쌈질하는 남동생이 있다
나와 닮은 아이들이 있다

담배 골목 그곳엔
야단치는 선생님도 없고

걱정하는 엄마도 없다

담배 골목 그곳에선
우리가 잊고 싶은 것들이
연기 속에 사라진다
우리가 갖고 싶은 것
가질 수 없는 것들이
연기 속에 파묻힌다

아빠 얼굴 보기

사고로 한쪽 팔 잃고
술만 퍼마시는 아빠
공부 안 하냐 어디 가냐 왜 늦었냐
사사건건 간섭하신다

술 취한 아빠 보기 싫고
폭풍 간섭 귀찮아 밖으로 돈다
친구랑 술 마시고 담배 피우고
피시방 가서 게임하며
지옥 같은 집 잊어버린다

밤늦게 집에 들어가니
아빠가 고래고래 소리치신다
무시하고 방에 들어가려는
내 앞을 막아선다

홧김에 아빠를 밀쳐 버렸다

중심을 잃고 쓰러진 아빠

일어서지 못하신다

그러게 왜 참견인데?

꽥 소리치며 방에 들어와 버렸다

그 뒤로 아빠 얼굴을

쳐다볼 수가 없다

무장 해제

왜 안 와?

저 오늘 병가예요

꾀병 아니지?

아니에요. 그런 거

어디가 아픈데?

감기 걸렸어요

많이 아파?

네

약은?

먹었어요

밥은?

입맛 없어요

그래도 먹어야
빨리 나아

알았어요

낼은 올 거지?

다 나으면요

그래, 푹 쉬어

네

담임은 애들한테 무슨 일만 있으면 톡을 날린다
결석해도 조퇴해도
가출해도 싸워도 아파도
죽을상 하고 앉았다 와도
톡으로 말을 걸어 온다
담임이 톡으로 말을 걸면
우리는 무장 해제된다

큰일 날 뻔했다

친구들이 둘러앉아
누구 연예인이 예쁘다느니
귀엽다느니
애교가 많다느니
저마다 맘에 드는
여자 연예인 얘기를
신바람이 나서 떠들어 댄다

난 ○○가 좋더라
뒷모습도 멋져
좋아하는 남자 연예인 얘기했더니

뭐냐?
진심?
떨떠름한 애들 반응에
입을 다물어 버렸다

눈빛에 설렌다고 말했으면 큰일 날 뻔했다

난 왜
연예인이든 친구든 남자한테
관심이 가는 걸까?
나도 남잔데

쪼그리고 자기

피시방 뒷골목에서 내 짝 혁재가
일짱 현수 패거리한테 맞는 걸 보고 말았다
순간 재빨리 골목을 벗어났다
뒤탈이 두려워 경찰에 신고도
학교에 알리지도 못했다
혁재는 다리에 깁스를 하고 학교에 왔다
푹 숙인 얼굴 불안한 눈빛 꾹 다문 입
차마 혁재를 볼 수 없었다
밥맛도 없고 축구도 하고 싶지 않았다
난 밥 먹을 자격도
축구할 자격도 없는 비겁한 도망자
밤에도 제대로 잘 수가 없다
혁재는 줄곧
다리를 구부리지 못한 채 잤을 거다
도망자인 난 침대가 아닌 땅바닥에서
쪼그리고만 잔다
그렇게라도 하지 않으면

날 용서할 수 없을 것 같다

언제쯤 혁재는 깁스를 풀 수 있을까

난 또 언제쯤 다리 뻗고 잘 수 있을까

깁스를 푼다고 혁재 마음에 깁스도 풀릴까

다리 뻗고 잔다고 모른 척한

내 행동이 잊혀질까

하지 않은 말*

쌤,
쌤하고는 얘기가 되는데
왜 엄마하고는 안 되죠?

엄마잖아

그러니까 왜요?

엄마는 너를
너무 많이 사랑하고
너무 많이 기대하고
너무 많이 아끼니까

그럼 선생님은
저를 안 사랑해요?

사랑하지
선생님은 너만
사랑하는 게 아니라
우리 반 모두를 사랑해

엄마도
선생님 같으면
좋겠는데
매일 싸워요

엄마랑 싸우는 게 사춘기야
괜찮아 대신
심각한 사고만 치지 마

알았어요
싸우고 그러는 거
안 할게요

고마워
너는 좋은 아이니까
잘 해낼 거야

믿어 주셔서 감사하다는 말을 하려다가 말았다

* 이 시는 김성효 선생님의 산문 『선생 하기 싫은 날』에서 차용.

지금 가요

꼭 하고 싶은 것도 없고
딱히 잘하는 것도 없는 나는
학교서도 자고 집에서도 잔다

깨어 보면 낯선 세상
절벽 끝이다
발아래 푸른 바다가
물거품을 토해 내며 나를 유혹한다
아찔한 순간이다

보고 싶다
학교 와라

담임이 보낸 톡이 나를 돌려 세운다

내가 걸어온 드넓은 대지가 보인다
그곳은 풀 가득한 초원이 아니다

모래바람 황량한 사막이다

그래도 왠지 그곳에서 살고 싶어진다
한 마리 도마뱀 되어
뜨거운 모래 위를 뛰어다녀야 할지라도
다시 한번 살아 보고 싶어진다

자, 뛰어!
나는 벼랑 끝에서 뛴다
황량한 대지를 향해 힘껏

쌤. 저 지금 가요!

아무도 없는 게 아니었다

어울리지 않게 서점이라는 곳을 갔다가
맘에 드는 책 제목을 봤다
내가 죽으면 장례식에 누가 와 줄까

책장을 펼치자마자
오래오래 살아남아서,
당신 곁을 끝까지 지켜 내고 싶다
작가의 말이 눈에 들어온다

저런 말 누가 내게 해 줄까
아무도 없다
저런 말 난 누구에게 해 줄까
아무도 없다

휘리릭 책장을 넘겨
고여 드는 눈물을 흩어 버리는데
장례식에 몰려든 개미 떼처럼

자잘한 글씨들
읽을 엄두가 안 난다

서점을 나와 걷는다
대로변을 공원을 골목길을
걷고 또 걷는다

걸으면 기분이 좀 나아질 거라고
내게 말해 준 담임
갑자기 목소리 듣고 싶어서 전화했다
……
아무 말도 안 나왔다

괜찮아, 아프면 아프다고 말해
담임 말에
울음이 터져나왔다
후련해졌다

감기

엄마가 떠나고
그 애도 떠나고
난 감기에 걸렸어요
춥고 열나고 쑤시네요

아무것도 먹기 싫고
아무것도 하기 싫어요
동면하는 곰처럼
잠만 자고 싶어요

잠을 자면 꿈을 꿔요
꿈속에서 나는
엄마를 만나요
그 애도 만나지요

꿈속과 다른 이 세상에서
나는 왜 자꾸만 눈물이 날까요?

감기에 걸린 거래요

마음에 감기

우울증

누군가 내게 말해요
나는 단점투성이고
연약하기 짝이 없고
제대로 할 줄 아는 거 하나 없는
아무짝에도 쓸모없는 놈이라고

지금 내가 처한
이 거지 같은 현실과
기를 쓰고 싸워 봤자
결국 난 지고 말 거라고

내가 더 살아 봤자
미래의 난 지금처럼
찌질하게 살 거고
재미없을 거라고

선생님은

누군가의 말이 틀렸다고

절대 믿지 말라지만

어느새 난 누군가의 말을

철석같이 믿어 버려요

쌤, 한 번만 더 말해 주세요
잘하고 있다고
다 잘될 거라고

밑줄 쫙

부모님 사이에 깊은 강이 흐른다
실직한 아버지는 밤낮없이
강물에 발을 담그고 술을 마신다

강을 건너 공장에 나갔다가
다시 강을 건너 공장에서 퇴근한 엄마는
강물에 발을 담근 채 쪽잠을 잔다

강물을 안주 삼아 술을 마시던 아버지
오늘은 강물을 거둬들여 앞치마로 두르고 설거지하고 있
다
부엌 바닥에는 돌리다 만 전단지가 부유물처럼 표류하
고……

시험 핑계로 알바 때려친 나도
다시 알바 해야 되나 어쩌나 전단지를 모으는데
니는 암시렁 말고 공부나 쪼깐 머리 싸매고 파래이

야 그라고 있어요

시험 핑계로 달랑 방 하나 있는 걸 차지한 나는
어머니 대신 공장에 다니고 싶고
아버지 대신 설거지하고 싶고
술도 대신 마시고 싶은 걸 참고 앉아
공부라는 걸 해 본다

학교 시험 잘 보면 좋은 데 취직될까
취직하면 형편이 좀 나아질까
빚 갚기도 빠듯하다는 거 모르는 거 아니나
나아질 거다 살아갈수록 빚만 늘어나는
부모님과는 다를 거다
파란 펜으로 강줄기 같은 밑줄을 쫙쫙 긋는다

제2부

그 고시원엔 고딩이 산다

더부살이

문 열면 후다닥 도망치던 녀석들
나 없을 때 무슨 작당들을 한 건지
도망칠 기미가 보이지 않는다
원래 이 집은 우리들 집이었어, 하듯
가 볼 데 다 가 보고
둘러볼 거 다 둘러본다
쫓아도 보고 때려도 보고
약을 뿌려도 보았다
아무리 기를 써도 졸기는커녕
대놓고 활보하는 녀석들
되레 내가 점점 눈치를 보게 된다
녀석들 피해 까치걸음 걷고
녀석들 먹고 싶을까 보아
음식 찌꺼기 함부로 남겨 두지 않는다
꼭 내가 바퀴벌레님들 집에
세 들어 사는 것 같다

재활용 쓰레기

집이 빚에 넘어갔다
식구들 다 시골로 내려가고
나만 고시원으로 거처를 옮겼다

쪽방이 다닥다닥 붙은 고시원에는
일용직 노동자들과 대학생 회사원들⋯⋯⋯
가난한 사람들이 살고 있다
어쩌다 마주치는 그들은
유령처럼 스쳐 지나간다

고시원 복도에서 중학교 동창을 만났다
인문계고 간 성주는 수능 때까지
머리 싸매고 공부하겠단다
집 없는 고딩만 고시원 사는 줄 알았는데
성주 같은 엄친아도 있고
가출한 애들도 있다
오밀조밀 들어찬 방마다

별별 사연들이 차고 넘친다

또래라도 쉽게 어울릴 수는 없다
진학 준비하는 애들은 애들대로
알바하는 애들은 애들대로
다 · 들 · 바 · 쁘 · 다 ·

머리에 수건 두르고 칫솔 문 채 만나면
웬만한 비밀쯤은 터놓고 지내겠지
한솥밥 퍼먹으면 가족처럼 정들겠지
들어올 때 품었던 기대를
재활용 쓰레기 봉투에 담아 둔다
언젠가 다시 쓸 수 있지 않을까 해서

고시원에서 빨래 널기

건조대 하나 놓을 수 없는 비좁은 공간에
방을 가로질러 끈을 맸다
책을 묶어 나르던 노끈이
제법 근사한 빨랫줄이 되었다

공용 세탁실에서 해 온 빨래를
불운을 털어내듯 탁탁 털어서 넌다
이 젖은 빨래가
안 그래도 눅눅한 장판과 벽지를
더 눅눅하게 만들 것이다

침대에 누워 올려다보면
만국기 같은 빨래
내일은 덜 마른 태국을
글피쯤엔 바짝 마른 자메이카를 입고
학교에 가고 알바 뛰고……

목 늘어난 메리야스

무릎 나온 추리닝
소매 너덜거리는 윗도리
아무리 피하려고 해도
움직일 때마다 걸리적거린다

풍경이 아름다워서 슬프다고 했던가
아름다울 것 없어서 적막한 방이다

고시원에서 창문 달기

우리 몸에 눈이 없다면 어떨까요?
답답할 거예요, 그죠?

내가 사는 고시원엔 창문이 없어요
창문은 방의 눈이라고 생각했던 적이 있었죠

아저씨, 왜 창문이 없어요?
창문 있는 방은 오만 원 더 비싸
당연히 오만 원 싼 방을 선택했죠 난

알아요 벽을 뚫어 창문을 낼 순 없죠
대신 창문을 하나 그려 넣기로 했어요

사각형의 하늘에 뭉게구름도 띄우고
새도 날리고 분홍 커튼도 달았죠

밖에서는 보이지 않는 창문

닫히지 않는 창문을 통해

나는 매일 하늘을 봐요

고시원에서 짜장면 먹기

> 저녁 안 먹었지?
> 짜장면 배달 갈 거야
> 맛나게 먹어

슬슬 배가 고파 오는 저녁 시간
가진 건 돈밖에 없다는
톡쟁이 담임이 톡을 보내왔다

> ㄴㄴ 걱정 마시고 연애나 쫌 하세요
> 독거 노인 되면 난 몰라요

반협박을 하고 났더니
짜장면이 배달됐다
군만두 한 접시 득템

> ㄱㅅㄱㅅ

톡 보낼 새 없이
짜장 양념을 한쪽에다 밀어 두고
최소한의 양념으로 면을 비빈다

남은 양념은 내일 밤 비벼 먹을 거다
양념을 꼭꼭 봉해서 냉장고에 넣어 두면
내일 아침은 걱정 없다

군만두는 아껴 뒀다가
간식으로 먹으면 제격이다
담임처럼 따끈따끈한 군만두가
식는 건 아깝지만 괜찮다
차게 먹어도 왠지 담임처럼 든든할 것 같다

양파와 고기 양념은 옆으로 미뤄 두고
거뭇거뭇한 면만 골라 먹는 것도
자꾸 하다 보면 습관이 된다
가난이 습관처럼 몸에 뺄까 봐 두렵다

오, 나의 밥님!

공용 밥통에서 마지막으로 밥 푸는 사람이
새로 밥을 지어 놓는 게 희망 고시텔의 규칙이다
밥통을 열어 보니 달랑 한 숟가락 남아 있는 밥
쌀 씻는 게 뭐 그리 귀찮다고
물 맞추는 게 뭐 그리 어렵다고
잡곡밥도 아니고 현미밥도 아닌 그냥 흰 쌀밥
불릴 것도 없고 일반밥 취사만 누르면 되는 것을

구석에 놓인 포대 자루에서 쌀 한 바가지 퍼내 씻는다
유난히 구정물이 많이 나오는 쌀
20만 원짜리 허름한 고시원에서
먹고 자고 뒹구는 가난한 사람들이 먹는
먼지 묻은 쌀 해묵은 쌀

갓 지은 밥도 고시원 사람들만큼이나
찰진 맛 없는 밥이지만
헐렁한 추리닝 입고 숟가락 하나 들고 내려가

한 그릇 그득히 퍼 오는 흰 쌀밥

오, 나의 밥님!

피곤한 여자

중3 때 헤어진 여자를
고시원에 들어온 첫날 다시 만났다
예전에 나는 그녀를
별로 좋아하지 않았다
그녀는 온몸이 귀로 덮여 있어서
작은 소리에도 민감하게 굴었다
한창 소리치고 싶은 나는 그녀 때문에
그럴 수 없어서 화가 났다
그래도 중3 때까지 우리는
그럭저럭 잘 지냈다
대학을 포기하면서 그녀와 헤어졌다
다시는 보고 싶지 않았다
고시원에서 다시 만난 그녀는
이곳 모든 이들의 여자가 되어 있었다
모두가 그녀 눈치를 봤다
그러고 싶지 않았지만 나도 어쩔 수 없이
그녀 눈치를 본다 그녀는

복도든 공동 주방이든 공동 화장실이든

찰거머리처럼 따라붙는다

심지어 내 방까지 들어와 버젓이

내 생활을 간섭해 댄다

음악은 이어폰 꽂고 들으라는 둥

문은 살살 여닫으라는 둥

기침도 작게 하라는 둥

그녀의 잔소리는 끝이 없다

심지어 방귀도 맘대로 뀌지 말란다

그녀 때문에 죽을 맛이다

피곤한 정숙 씨

성주의 눈물

밤낮없이 공부만 한다던 성주가
갑자기 집으로 들어갔다
고시원을 나가기 전에 성주는
내 방에 와서 울었다

공부하는 거 지쳤어
하루 여덟 잔씩 커피 마시며
네 시간씩 자 봐
냄새가 지독해
학교 냄새 고시원 냄새 집 냄새……
너무 시끄러워
걷는 소리 차 소리 떠드는 소리……
이 세상 모든 게 다 공불 방해해
약으로 버텼는데
약도 지겨워

성주 같은 엄친아는

아무 걱정 없는 줄 알았는데
성주도 우는구나
처음으로 성주가
가깝게 느껴졌다

고시원 다이어트

모로 누워 자다 꿈결에 발을 뻗자

침대 끝에 쌓여 있던 책이 도미노로 무너진다

시시콜콜한 잡동사니까지 추리고 버렸건만

버려야 할 것이 또 남아 있다

버릴 때마다 통증처럼 찾아오는 허전함은

좀처럼 익숙해지지 않는다

외로움을 달래주던 만화책 아끼던 소설책

영원히 간직하고 싶던 시집까지

동침하기엔 불편한 살이었다

한 평 남짓한 방 안을 가득 메운

아침인지 저녁인지 알 수 없는

이 모호한 어둠을 먼저 버리고 싶다

이 비대한 어둠 속에 갇혀 나는

포도원에 들어간 여우의 교훈을 기억한다

만화책을 추리고 소설책을 덜어 내고 시집을 뺀다

추억을 버리고 미래를 줄인다

살아 나가기 위해 기를 쓰고 하는 고시원 다이어트

아무리 내 생이 비좁다 해도
희망만은 버릴 수 없다

유령도 외로움을 탄다

샤워실에 머리카락 좀 치웁시다
누군지 다 알아요 양심 챙기세요
반찬 훔쳐 가지 마삼 걸리면 죽음
슬리퍼 좀 질질 끌지 마세여ㅠㅜㅜ
단톡방이 시끄럽다
오가며 마주쳐도 말 한마디 건네지 않는 사람들이
고시원 단톡방에 들어와 성토한다
안건 하나 올라오면 줄줄이 달리는 댓글이며
별 쓰잘데기 없는 건의 사항까지 올리는 거 보면
수다로 스트레스를 푸는 게 분명하다
고양이 밥 쫌 주지 마세여
자꾸 찾아와 울어서 시끄러워 못 살겠어여
윽, 찔린다
길고양이라도 데려와 키우면
외로움이 좀 가실까 싶어
고시원 주위를 어슬렁거리는 고양이에게
아껴 둔 소시지 몇 번 던져 줬다

소시지만 먹고 달아나는 눈치 빠른 고양이

어떻게 환심 살까 고민 중인데

저런 안건이 올라오다니, 다 틀렸다

고양이가 귀여워서 그랬습니다

시끄럽다니 죄송합니다 댓글 달려는데

난 고양이 소리라도 들려서 덜 외로운데…

누군가 내 편을 들어 준다

얼굴은 알아도 이름도 고향도 몰라

말 붙일 일도 인사할 일도 없는 유령들이

뻔질나게 단톡방에 안건 올리고 댓글 달며

사람 행세를 한다 유령도 외로움을 탄다

잠 못 이루는 밤

천식에 걸린 냉장고는 가래 끓는 소리와 눈물로
아직 살아 있다는 걸 증명하려 한다
냉장고 밑에 받쳐 둔 플라스틱 그릇에
눈물이 반쯤 차 있는 것을 확인하고 침대에 눕는다
냉장고는 사력을 다해 자신의 존재를 알리고
저녁 내내 새는 고무장갑을 끼고 설거지를
하고 온 나는 몸이 으슬으슬 떨린다
단 하루도 알바를 멈추지 말아야 하는 게
내 존재 증명이 되어 버린 현실
이미 포기한 대학이 명치끝에 걸려
불쑥 솟구치는 기침
누우면 발이 선반 아래로 들어가는 침대에
거꾸로 누워 본다 잠이 오지 않을 때는
머리를 선반 아래로 집어넣고 이불을 뒤집어쓴다
쿨렁 쿨러덩, 곧 숨이 멎을 것 같은 냉장고
손을 뻗어 냉장고 머리를 한 대 갈긴다
냉장고가 길게 숨을 토해 내고는

다시 낡은 존재감을 과시한다

누가 내 머리를 한 대 갈겨 준다면

숨 막히는 이 현실에서 숨통이 좀 트일까

괜스리 눈물이 난다

자취생에게 눈물만큼 흔한 게 또 있을까

흘리는 눈물이 다 진주라는 인어가 차라리 부러운 밤

냉장고가 흘리는 눈물도, 내가 흘리는 눈물도

진주가 되어 주지 못하는 밤

좀처럼 잠은 오지 않고……

냉장고 열어보기

1층 관리실 옆 공용 주방

대형 냉장고 열어 보면

빽빽하게 쌓인 반찬통들

201호 302호 304호 501호……

어떤 건 홍영주 박희경 김재호……

반찬통마다 주인들이 따로 있다

멸치볶음 뱅어포 무침 무말랭이 콩장……

가지가지 반찬 중에 내 건 없다

투명 플라스틱 통에 한가득 담긴

배추김치는 며칠째 그대로다

주인은 203호 바로 옆방이다

도토리 머리에 하얀 뿔테 안경을 쓰고 다니는

그는 왜 김치를 먹지 않을까

대신 먹어 주고 싶다 빨간 배추김치

밥통에서 밥만 퍼 가면 될걸

꺼낼 반찬도 없으면서 나는

왜 자꾸 냉장고를 열어 보는 걸까

열어보면 훔쳐 먹고 싶은 김치가

시뻘겋게 나를 유혹하는데

고시원에서 겨울나기

늘어진 물고기(언제부턴가 나는 빨래를 물고기라 부르고
있다)를 안고
공동 세탁실로 간다
낡은 세탁기 안에 물고기 한 바구니 부려 넣는다
덜덜덜 돌아가는 세탁기만 한 바다 안에서
오랜만에 서로 몸을 비비고 엉켰다가
풀어지기도 하며 유영하는 물고기들

목욕을 마친 물고기들을 안고 와 방 안에 넌다
창문도 없으면서 외풍이 많은 방
코끝 시린 방을 가로지른 빨랫줄에
축축한 물고기들을 넌다
금세 동태가 되는 물고기들

물고기들 얼었다 녹았다 말라가는 덕장 아래 있다 보면
코끝 시리고 손발이 저리다
물고기들처럼 나도 동태가 되지 않기 위해

방 안에서도 장갑을 끼고

양말을 두 켤레씩 껴 신는다

사랑스런 내 운동화

해 쨍쨍한 일요일
모처럼 알바 없어
기분 좋은 날
냄새 나는 운동화를 햇빛에 넌다
그리움에 젖은 내 맘도 햇빛에 넌다

다 닳은 운동화 밑창이 덜렁거린다
너덜거리는 밑창에
강력 접착제를 붙인다
꼭 붙어 있어
신발 속에 두 손을 포개고 힘을 준다
네 손에 내 손도 포개고 싶다

이 낡은 운동화를 신고
학교에 가고
알바 뛰고
네가 일하는 카페 옆을

수도 없이 지나다녔지

설레는 맘으로
네게 건넬
달콤한 말을 생각하며

시험 걱정 취직 걱정 돈 걱정
돌멩이같이 단단한 걱정들은
툭툭 차 버리며

눈 오는 날

혼자서 저녁을 먹으며 유튜브를 봐요
유튜브 속에서는 홍자네 삼 남매가 낄낄거리고요
나는 불어터진 라면을 먹으며 홍자네 전성시대를 봐요
내 전성시대도 올까 면발을 후후 불며 생각해요

너한테도 끝내 주는 날이 올 거야

언젠가 담임이 해 준 말이 아직도 톡에 남아 있어요
난 가끔 그걸 보며 내 전성시대를 꿈꾸지요

오늘 첫눈이 내린다는 일기예보가 있었는데
내가 그려 붙인 창문에는 눈이 내리지 않네요
가끔 주문을 외워 봐요
진짜 창문으로 바뀌어라 얍!

하느님이 소원을 한 가지 말하라면
'진짜 창문' 할 판이에요
아까운 소원을

그렇게 써 버릴 순 없어요

나는 라면 국물 한 방울까지
싹싹 긁으며 유튜브를 보고요
고시원 안에는 눈이 내리지 않죠

**1층 냉장고에 밑반찬 좀 넣어 놨어
눈 온다**

담임 톡 받고 옥상으로 올라가니
함박눈이 펑펑 쏟아지고 있어요
쌤⋯⋯
손나발을 만들어 소리쳤어요
내 목소리가 함박눈을 뚫고
멀리멀리 퍼져 나가네요

화분 가꾸는 남자

한낮에 고시원에서 유일하게
햇살이 오래 머무는 방이 관리실이고
고시원에서 유일하게 나와 매일
인사를 나누는 사람이 관리실 총무다
스물두 살의 휴학생이라는 그는
볼 때마다 핸드폰을 들여다보고 있다
안녕하세요? 인사하면 충혈된 눈을 들어
반갑게 웃어 주는 그가
요즘 공들여 하는 일이 있는데
그건 화분 세 개를 가꾸는 일이다
그는 관리실 창문 아래에다
컵라면만 한 화분 세 개를 늘어놓고
하루에도 몇 번씩 물을 준다
그러면 유령처럼 관리실 앞을 휙, 휙, 지나치던
사람들이 언제 싹이 나지? 무슨 꽃이 필까?
궁금해하는 시선으로 화분을 바라본다나 어쩐다나

근데 형, 무슨 꽃 심었어요? 물으니

나도 몰라 누가 버리고 간 거야

언제 싹이 날지 무슨 꽃이 필지

나도 궁금해 죽겠어 한다

원형 탈모

누군가에겐 손바닥보다 백 원짜리 동전이 훨씬 크다

내가 사는 고시원 방 들여다보시던 어머니
흐메, 뭔 방이 요로코롬 손바닥맹키로 작으까잉?

손바닥만 한 방에 살면서 원형 탈모가 생겼다

내 머리 들여다보시던 어머니
흐메, 동전맹키 겁나 많이 빠져 부렀네잉
허벌나게 큰디 으째야 쓴디야

제3부

한바탕 랩

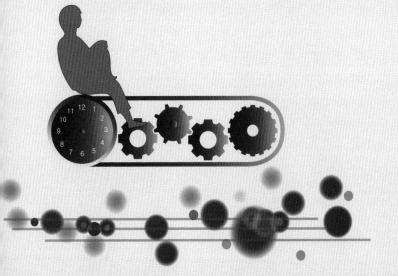

스프링클러

땡볕 내리쬘 때
더운 거 참고
목마른 거 참고
일하다가
스프링클러 틀어 줬다

시들시들하던 식물들이
반짝반짝 살아났다
그때서야 우리는
앞다투어
급수대로 달려갔다

천천히 마셔라, 체할라
담임이 뒤에서 소리치셨다

샘은 안 마셔요?
니들이 내 스프링클러야
와, 샘은 목마를 때 없겠네요
그래, 이 녀석아

황하원

중국이라는 넓은 대륙을 가로질러 흐르는 황하
그 황하가 시작되는 곳
황하원을 생각해 본 적은 단 한 번도 없다
담임이 황하원을 보여 주기까지

어린아이 주먹만 한 샘물이 퐁퐁퐁
솟아올라오는데 그게 바로 황화원이란다
샘물은 어린아이 엉덩이만 한 샘터를 적시고
어린아이 걸음으로도 건널 수 있는
물줄기로 흐르다가 점점 폭이 넓어지면서
힘차게 용틀임하며 대지를 적신다

보잘것없는 나도
중국 대륙처럼 넓디넓은 나의 미래를
굽이굽이 돌아 흐르며 적실 수 있을까?
한껏 기대를 품어 보는 시간이었다

네가 상상하는 것이 현실이 돼!

그날 밤 우리 반 애들 모두
담임한테 톡을 받았다

교장 선생님

교장 선생님이 기업체 사장님한테
우리를 소개하셨지요

우리 애들은
일단 노동력이 쌉니다
온갖 잡일 마다하지 않고
쓸 일 없으면 내보내기도 쉽죠
우리는 전공 같은 거 상관 안 합니다
그냥 아무 일이나 시키고
써 주기만 하면 됩니다

처치 곤란한 제품이 된 것 같아
교장 선생님이 미워졌지요

그런데요
인사하면 꼭 이름 불러 주고
밥은 먹었냐?

곧장 집에 가거라
부모님께 안부 전해 드려
따뜻하게 말 걸어 주시는
삼촌 같은 분이라서
그럴까요?

교장 선생님을
끝끝내 미워할 수는 없었지요

뿔뿔이

뙤약볕에서
신영이 경모 영란이 형건이가
국화를 가꾼다

신영이는 경모가 좋아하는 하양 국화를
경모는 신영이가 좋아하는 노랑 국화를
영란이는 형건이가 좋아하는 보라 국화를
형건이는 영란이가 좋아하는 분홍 국화를

땀 뻘뻘 흘리며 북을 주고
빛바랜 이파리를 따 주고
물을 준다

식물 가꾸기 좋아하던 조경과
신영이 경모 영란이 형건이
다들 뿔뿔이 실습 나갔다
공장으로 외식 업체로 호텔로 편의점으로

내 친구의 매력

너무 외로워 누군가 안고 싶을 때가 있다
그럴 땐 기타를 안는다
기타는 내 가슴에 폭 안긴다

내 숨겨 둔 이야기로
누군가의 가슴을 울리고 싶을 때가 있다
그럴 땐 기타를 친다

누군가의 이야기를 마냥 듣고 싶을 때가 있다
그럴 땐 눈을 감고 내가 치는 기타 소리에
귀 기울인다

외로움도 스트레스도 짜증 나는 일도
걱정되는 미래도 다 날아간다
맘이 편안해진다

내가 제일 좋아하는 내 친구 기타
너 때문에 하루하루가 견딜 만하다

멀미와 초콜릿

현장 실습 가는 날
교문을 나서는 아이들 얼굴이
설렘 반 기대 반으로 붉다

자전거를 잘 타는 재영이
노는 게 제일 좋다는 진모
컴퓨터 게임에 푹 빠진 성민이
그림을 잘 그리는 산유
농부가 되겠다는 호성이
달리기왕 상구
실습지는 똑같은 청바지 제조 공장

종일 등짐만 진대
허드렛일만 시킨대
쉴 틈이 없대
아이들이 수군거린다

쌤, 힘들면 그만두고 와도 되죠?
아까부터 말없이 뒤따르던 상구가
선생님한테 묻는다

힘들어도 참아
버스 정류장에서 등을 토닥여 주시는 선생님
버스는 아직 타지도 않았는데
벌써부터 속이 울렁거린다

자, 하나씩 먹고 힘내자!
선생님이 손에 쥐여 주신 초콜릿
입에 넣었더니 맛이 쌉싸래하다

플랫폼에서

먹지 못한 컵라면과 나무젓가락 스텐 수저
노란 손잡이가 손때 묻어 검게 변한 팬지
지저분한 방진 마스크
색 바랜 목장갑
휴대폰 충전기

내 가방 안에는
이런 공산품은 안 넣고 싶었어

외로움 달래 줄 시집
반 친구들이 써 준 롤링페이퍼
취미로 모은 나뭇잎
이런 것만 넣고 싶었어

담임이 가끔 톡 날려 줄 거고
은영이랑 썸도 타야 되니까
핸드폰은 주머니에 넣었지

엄마가 실습 나간다고 사 준 점퍼
깊은 주머니에

그렇지만 내 가방은 무거워
난 알아 내 삶이
꼭 내 바람과 같은 방향으로
달리는 건 아니라는 거
건너편에서 달려오는 지하철처럼 맹렬하게
반대 방향으로 달려갈 수도 있다는 거

잘 가고 있지?

네, 쌤

복숭아 향기

농업과 애들이 가꾸는 복숭아밭
전교생이 복숭아 따기 대회 해서
집에도 가져가고 팔기도 하는 복숭아

우리가 꽃 피우고 꽃 따 주고
열매 솎아 주고 봉지 씌워 준 복숭아

현장 실습 나가기 며칠 전에
우리 반 애들 다 모여
'나의 꿈' 엽서에 써서
나무 상자에 넣고 복숭아밭에 묻었다
십 년 뒤 오늘 와서 캐 보자고

복숭아나무야, 우리들 꿈을 지켜 줘!
담임 쌤이 복숭아나무 보고 말했다
우리도 따라했다

그날 복숭아나무가 해 준 대답

지금껏 코끝에 맴돈다

우리 반 애들 그리울 때마다

그 대답 아련히 피어오른다

향긋한 복숭아 향기

따로국밥

현장 실습 나가기 전
표준 협약서에 사인했다
1일 8시간 근무
야간 잔업 없고
휴일 근무 없단다

현장 실습 나가서
근로 계약서에 사인했다
이 학생과 협의하에
연장 근무 할 수 있다

현장 시찰 나온 담임이
따로국밥을 사 주셨다
쌤, 표준 협약서랑 근로 계약서도
따로국밥이던데요

쌤이 갑작스레 사레들려 캑캑거리셨다

쌤 입에서 뿜어져 나온 밥풀이

내 얼굴까지 튀었다

윽, 쌤 더러워요

아, 캑캑, 미안, 캑캑

쌤 목까지 새빨개지셨다

장미의 매력

현장 실습 나간 비닐 공장 예쁜 경리 누나
아침에 출근해 보면
벌써 나와 사무실 불 켜고 일하고 있다

공장 안 지붕 밑에 섬처럼 떠 있는 사무실엔
작업장 직원 책상은 없고
사무실 직원 책상만 놓여 있다

경리 누나 책상에 피어 있는 장미꽃 한 송이
내가 몰래 꽂아 둔 꽃이다
그 꽃에 누나가 정성껏 물을 준다

목마르단 핑계로 사무실 들락거리는 내게
일없이 자꾸 올라오면 사장님한테 이른다
오늘 겨우 두 번 올라왔을 뿐인데
눈 흘기는 경리 누나

나선형의 좁은 철 계단을 밟고

올라가야 하는 비닐 공장 사무실

서해 어느 섬처럼 멀게만 느껴지는 그곳엔

가시 돋친 장미꽃이 두 송이 피어 있다

쌤, 장미 가시가 너무 따가워요

장미는 가시가 매력이야

구름을 보며

이곳 공단의 하늘에도
뭉게구름이 평화롭게 떠 있다
28인치 검정 캐리어 끌고 이곳에 왔을 때
먼저 눈에 들어온 게 뭉게구름이다
기말고사를 치르고 문득 올려다본 하늘에도
뭉게구름이 떠 있었다
커다란 흰 꽃처럼 평화로이 피어 있는 구름을 보자
갑자기 모든 게 싫어졌다
학교 알바 학교 알바
눈코 뜰 새 없이 뛰어다녀야 하는 현실
부모님의 부담스런 기대
훌훌 벗어던지고
구름 위로 올라가 자고 싶었다

공단행 버스에서 내다본 하늘에도
구름이 떠 있었다
이곳 변두리 공장에서 나는

틈만 나면 구름을 본다

구름을 보며 세상의 온기에 대해 생각한다

누군가에게 닿지 못한 채 떠돌다

뭉쳐진 말들을 생각한다

구름이 아름다워요, 쌤

힘들지?

쌤 말에 눈물이 핑 돈다

그래도 시간은 간다

온종일
짐 나르고 기름칠하고
나사를 조인다 똑딱똑딱

익숙하지 않은 일 실수라도 하면
야, 이 새끼야, 무슨 일을 이따위로 해?
쏟아지는 쌍욕으로 샤워를 하고
때론 맞기도 한다 똑딱똑딱

아픈 엄마 약값이라도 보태야지
어린 동생 학용품 사줘야지
욕먹어도 한 대 맞아도 참고 일한다
똑딱똑딱

그래도 견딜 만한 건
힘들지?
등 두드려 주는 김 기사님도 계시고

더 먹어

밥 덜어 주는 방 기사님도 계시다는 거

허름한 공장 벽 한가운데

둥그런 벽시계 하나

지치지도 않고 간다 똑딱똑딱

이유도 모른 채

자고 씻고 일하고
자고 씻고 일하고
쉴 새 없이 일했다

꾀부리지 않고 일했는데
최저 임금도 안 되게 받았다

최저 임금은 주신다고……

학생이 벌써부터
돈을 밝히면 쓰나?
사장님 말씀

학교에 일렀더니
돈 받고
학원 다닌다고 생각해

3개월 참고 일했더니

그동안 고생했다

칭찬 아닌 해고

이유가⋯⋯?

이유? 몰라도 돼

잘했어

온갖 허드렛일
하고 또 해도 쌓인다
쉴 틈 없이 돌아가는 기계
매달리고 매달려도 끝없다
야간 근무에 휴일 잔업
더는 못 참겠다

현장 실습 그만두고
학교로 간다
시집갔다 이혼하고 온
누나 맘이 이랬을까

퍽퍽
누나 등 때리며 울던 엄마
학교도 내 등 때리며 울까?
끝내 안아 주던 엄마처럼
꼭 끌어안아 줄까?

불안한 맘에 톡을 보내 본다

실습 쫑냈어요, 쌤

잘했어

역시 담임은 내 편이다

오랜만에 엄마 옆에서

맘 놓고 자던 누나처럼

학교 가서 푸지게 자고 싶다

한바탕 랩

내 친구 이름은 새화다 김새화
친구들도 선생님들도 다 그렇게 부른다
알바하는 내내 새화는
새화가 아닌 미쓰킴으로 불렸단다

미쓰킴, 짧은 치마 입으니까 예쁘네
미쓰킴, 그러다 엉덩이 터지겠다
미쓰킴, 술 한 잔 따라 봐

어떤 손님이 만원 쥐여 주면서 이러는 거야
미쓰킴, 팁이야
아 졸라 짜증 나
손을 백 번도 더 씻었다니까
침 튀기며 말하는 새화
따졌어? 사과받았어?

사과는 개뿔 엡엡엡

쥐뿔도 없는 게 자존심만 세다고 욥욥욥

개풀 뜯어먹는 소리 하네 넵넵넵

새화가 춤추며 랩을 부른다

경찰서에 신고해 얍얍얍

나도 랩을 한다

노노노 증거가 없어 썹썹썹

매장 씨씨티비 가짜 얍얍얍

랩이 최고야 랩랩랩

사과도 랩 랩랩랩

경찰서도 랩 랩랩랩

씨씨티비도 랩 랩랩랩

한바탕 랩을 하고 나니 기분이 좋아졌다

그런

쌤

내가 살고 싶은 세상은요
아프면 아프다고
힘들면 힘들다고
말해도 되는 세상이에요
그런 학교
그런 회사
그런 나라

쌤이 되고 싶은 사람은
너희들이
아프면 아프다고
힘들면 힘들다고
말해도 되는
그런 사람이다

제4부

기적을 만났습니다

내 인생에 기적

초특급 말썽 피운 날
담임이 내 앞에 백지를 내민다
내 인생에 기적을 찾아 쓰란다

밑바닥 내 인생에 무슨 기적이 있겠나
백지를 보는 내 얼굴이 굳어진다
많이 춥구나?
담임이 목도리를 벗어 내 목에 둘러 준다

목이 따뜻해지면서 불현듯
내가 이 선생님을 만난 게 기적이란
생각이 든다

내가 담임을 만난 건 기적이다
라고 쓴다
또
담임이 말한다

모든 게 다 기적이다

라고 쓴다

언젠가 담임이 보낸 톡이다

구체적으로

담임이 말한다

제비가 집 짓는 일

또

새끼 낳아 키우는 일

또

내가 학교 다니는 일

또

쌤이 학교 다니는 일

또

담임이 보낸 톡 말고는 생각이 안 난다

담임이 교통사고로 누워 있는

친구 얘기를 해 준다

그에게는 걷는 것도
손을 움직이는 것도
똥을 누는 것도
기적이 일어나지 않고는
할 수 없는 일이란다

덧붙여 쓴다
내가 걷고 뛰고 달리고
손 흔들어 인사하고 웃고
밥 먹고 똥 누고 오줌 누고
옷 입고 신발 신고
가방 메고 핸드폰하고
축구하고 썸타고 알바하고
공부하고 책 읽고 음악 듣고
그리운 엄마가 있는 것도……
쓰다 보니 어느새
모든 게 다 기적이 된다

가족화

담임이 내게 가족화를 그려 보라고
백지를 내미셨다
이제껏 가족화를 그려 본 적은
단 한 번도 없다

백지 한가운데 거인을 그렸다
툭하면 큰소리치고
뻑하면 때리는 아빠

거인 발밑에 움츠려 있는
난쟁이 여자를 그렸다
아빠한테 찍소리 못 하는 엄마

백지 맨 밑에
뒷모습의 난쟁이 아이
사라지고 싶은 나다

가족화 그리면서 흘낏흘낏

담임 얼굴 엿보았다

점점 어두워지는 담임

우리 주용이 많이 힘들었구나

등 두드려 주시는데

속에서 뭔가 울컥

올라와 목구멍에 걸렸다

기침이 난다

공부만 시키는 학교 다니기 싫다
선생님 설명 못 알아듣겠다
재미없다
엎어진다
잔다

공부만 관심 있는 부모님
내 마음 관심 없고
성적만 물어보신다
차라리 성적 올리는 기계를 낳지

이따금
운동장 다섯 바퀴쯤 돈 것같이
심장이 두근거린다
가슴이 답답하다

콜록콜록 기침이 난다

멈추지 않는다

죽을 것 같다

담임 처방대로 해 본다

내 오른손을 쌤 손으로 생각하고

왼손을 꼭 잡는다

숨을 천천히 들이쉰다

천천히 내쉰다

좀 살 것 같다

조용히 해

과학 선생님 들어오셨는데
아랑곳없이 떠든다
시장 바닥처럼 와글와글하다

조용히 하자
저렇게 좋게 말씀하시면
애들은 안 듣는다
여기저기서 선생님 욕을 한다
무서운 선생님 말만 듣는
비겁한 놈들

조용히 해
귀 틀어막고 꽥 소리쳤다
담임한테 불려가 상담했다

왜 그랬어?
요즘 잔뜩 인상 쓰고 다니던데

무슨 일 있어?
이것저것 물어보시는 담임
관심받는 게 좋았다
난생처음 술술 말이 나왔다

술 취한 아빠가 욕하는 것 같아서
듣기 싫었어요

죄송해요

늦잠 자서 지각

수업 시작함과 동시에 엎드림

몸 아파서 조퇴

아빠랑 싸우고 가출

마트에서 물건 훔침

걸려서 아빠한테 전화

알아서 하라는 아빠

담임한테 전화

득달같이 달려오심

다시 등교

애들이 이상한 눈으로 쳐다봄

무시하는 눈빛

한 놈 잡아 때림

너도 아빠한테 맞아서 아팠고

아빠가 미웠다며

부드러운 담임 목소리에

고개 푹 꺾임

죄송해요

다시는 안 그럴게요

문장 완성하기

다른 사람들은 나를 잘 모른다

내가 제일 걱정하는 것은 커서 무슨 일을 할까

내가 좀 더 나이가 많다면 학교를 안 다닐 거다

내가 가장 좋아하는 사람은 민규다

민규는 내 절친이다

내가 가장 싫어하는 사람은 엄마다

엄마는 나를 두고 집을 나가셨다

나에게 가장 좋았던 일은 친구 집에서 잤던 일

나를 가장 화나게 하는 것은 나를 무시하는 거

내가 먼 외딴곳에 가게 된다면

친구와 같이 살고 싶다

내가 만일 동물로 변할 수 있다면

강아지가 되고 싶다

왜냐면 걱정 없이 먹고

잠만 자도 되기 때문이다

담임이 문장 완성 검사지를 내밀며

고민하지 말고 적으라 해서

바로바로 적었다

다 적고 훑어보니

외면하고 싶었던 내가 보였다

기적

벌점 10점 받아 학교 봉사 10시간
화장실 청소 운동장 청소 창고 정리 일주일째
며칠 전부터 창고 처마 밑에
제비 한 쌍 날아와 집 짓고 있다

둘이 번갈아 삭정이며 지푸라기 잡초 물어다
진흙으로 버무리는 소박한 집
온 세상에 자기들 둘만 있는 듯
쉴 새 없이 지저귄다

나도 짝을 만날까?
결혼하게 될까?
저렇게 즐겁게 살까?
마냥 시시덕거리는 제비가 부럽다

톡쟁이 담임한테
처마 밑 제비 사진 찍어 보냈다

또 기적이 일어났네!

기적이요?

응. 모든 게 다 기적이지
제비가 집 짓는 일도
새끼 낳아 키울 일도
너와 내가 학교 다니는 일도……

단 한 번도 기적이라 생각해 본 적 없는 것들이

다 기적이었구나

내일은 또 어떤 기적이 일어날까

내가 게임에 빠진 이유

아빠는 지방에서 회사에 다니다가
한 달에 한 번 정도 집에 오신다
휴일 내내 티비만 보고
잠만 주무신다

마트에서 일하시는 엄마
아빠 봐도 데면데면
피곤한 얼굴 펴지 못하신다

매일 혼자 밥 먹던 난
모처럼 외식도 하고 싶고
가족 여행도 가고 싶은데
평소처럼 방에 틀어박혀
게임만 한다

게임 속에서 나는
힐러*로 존재감 뿜뿜인데

집에서는 그저 투명 인간이다

*힐러 : 게임 속에서 등장하는 캐릭터 중 지원 역할을 하는 캐릭터.

숨은그림찾기

묵은 잡지 뒤적거리다가
숨은그림찾기를 했다
단풍나무 기둥에 밀착 붙어 있는
돛단배를 찾았다

나뭇잎 사이에 운동화
바위 위에 밀짚모자
꽃밭에 크레파스
창문에 핸드폰
다 찾았는데 마우스를
찾을 수 없다
찾으려 애써도
보이지 않는 꿈처럼
간곳없다

어른들 말대로
꿈을 못 찾으면 불행해질까

공연한 조바심에 다시
마우스를 찾는다

이런, 돛단배의 돛이 마우스라니!
찾아 놓고도 몰라봤다
어쩌면 내 꿈도 이런 건 아닐까
벌써 찾아 놓고도 몰라보는—

어쩌나

성묘 가는 길이 꽉 막혔다
아빠가 찻길을 벗어나
뻥 뚫린 갓길로 달렸다

신나게 달리다가 끼익
갑자기 차가 멈춰 섰다
차 앞에 푯말 하나
딱 버티고 서 있었다

〈갓길 없음〉

차들 빽빽한
차선으로 들어서는데
한 시간이 더 걸렸다

내가 툭하면 학교 빠지고
속도 제한 없이

오토바이 달리고
피시방 들락거리고 있는
이 길이 갓길은 아닐까?

어느 날 갑자기
팻말 하나 내 앞에
딱 버티고 서 있으면 어쩌나

〈갓길 없음〉

그래도 봄날

여자애들 짧은 스커트 단같이
스치면 사르르 설렐
그런 연애를 하고 싶었지요
그래도 봄날이라

공부도 못하는 놈이
연애는 뭐 얼어 죽을 연애가?
후딱 꽃씨나 뿌리라
엄마가 저더러 연애 대신
꽃씨나 심으래요

집 앞 공터에 꽃씨를 심었지요
풀을 뽑고 쓰레기를 치우고
물을 주었어요
꽃씨를 심는 내내
뒷집 그 애가 생각난 건 왤까요

공부만 하는 그 애랑

사귈 수는 없겠지만

그 애와 사귀는 상상을 하며

즐겁게 꽃씨를 심었어요

어느 날 뒷집 그 애가

우리 집 앞을 지날 때

내가 심은 꽃들이 그 앨 보고

방글방글 웃어 주겠지요

그러면 그 애도 방글방글 웃을 거예요

그래도 봄날이니까

아으르 다으*

엄마 아빠 사이에 흐르던 강물은
불어나고 불어나서
바다가 되었다
사나운 파도 거센 폭풍우
아으르 다으 아으르 다으

신은 세상을 물로 멸하기 전에
노아에게 배를 만들라고 했다는데
엄마 아빠는 왜
단 한 번도
내게 그런 말을 하지 않았을까

어서 배를 만들어
세찬 비바람에도 부서지지 않고
거센 파도에도 엎어지지 않을
튼튼하고 거대한 배를 만들어

40일 밤낮 없이 퍼붓던 비가 그치고
노아의 방주는 아라랏산에 다다랐다지
아으르 다으 아으르 다으

신은 다시는 물로 세상을
멸하지 않겠노라
무지개로 약속했다지
아으르 다으 아으르 다으

아무리 바다를 헤매도
아라랏산은 보이지 않고
하늘엔 무지개가 뜨지 않네
아으르 다으 아으르 다으

* 아으르 다으 : 노아의 방주가 표착했다는 터키의 아라랏산의 최고봉
　으로 아픔의 산이라는 뜻을 가진다.

우리 집 가훈

우리 집 가훈은 ?다
언제나 왜? 물으며 살아야
제대로 산다고 엄마아빠가 말했다

어렸을 때부터
가훈을 성실하게 실천하며 살아 온
나는 오늘도 묻고 또 묻는다

왜?
엄마아빠는 이혼했을까?
왜?
나를 낳았을까?
왜?
나는 살아야 하나?

시골 할머니 집에
홀로 버려진 나

습관대로 묻고 말았다

할머닌 왜 살아요?
희미하게 웃으시며
지팡이 짚고 나가시는 할머니

할머니가
더듬더듬 짚고 가는 저 지팡이
우리 집 가훈 닮았다

?는
내가 짚고 살아가야 하는 지팡이일까?
엄마 아빠는 왜?
내게 지팡이만 남기고 가 버렸을까?

역대급 사치

나도 사치스럽게 한번 살아 보고 싶다
그 애 생일날 선물을 사 주는 게 사치라면 말이다

사치스럽게 살아 보기 위해
새 돼지저금통 머리통을 갈랐다
머리통에 돼지 털만 한 상처가 박혔다
돈만 넣어 주면 상처 따위 대수냐는 듯
돼지저금통은 언제나 스마일

돈이 생길 때마다 저금통에 넣었다
내가 넣는 돈들은 돼지저금통 머리통을
차례로 지나 돼지저금통 배에
사과 꽃잎처럼 떨어져 내렸다

그 애가 내 정수리에 쏟아부어 준
발랄한 기쁨들이
내 좁은 머리통 속을 휙휙 지나

커다란 배에 내려 쌓이고
나는 배부른 돼지가 되었지

돈들이 돼지저금통 배를 꽉 메우고
머리통에 난 상처에 닿았을 때
그 애에게서 헤어지자는 문자가 왔다
나는 돼지저금통 배를 가르려다 말고
배 속에 가득 찬 구릿빛 환영들을 보았다
헛웃음만 나왔다

선물은 역시 내게 맞지 않는 역대급 사치다

바다라 생각해 주세요

바닷물엔 몇 퍼센트의
소금이 있나요?

3퍼센트

3퍼센트 소금 때문에
바닷물이 썩지 않는 거예요?

응
이리저리 출렁거릴 때도
거세게 파도칠 때도
답답하게 잔잔할 때도
바다는 꿈틀거리는 생물들을 키우고 있어

다 3퍼센트 소금
덕분이네요

그렇지

저도 3퍼센트
관심만 있어도
잘할 수 있어요

잘하고 있어

죽어라 말 안 들어도
버릇없이 대들어도
치고 받고 싸워도
속 터지게 입 꾹 다물어도
관심 뚝 끊지 마세요

그럼

단 3퍼센트면 돼요
바다라 생각해 주세요

그래

'난 할 수 없어'의 장례식*

시험 망치고
알바에서 잘리고
용돈 떨어지니
멘탈 붕괴

같이 공부하고
함께 알바하던
'난 할 수 있어'는
종일 보이지 않고

'난 할 수 없어'가
슬금슬금 다가와
내게 건네는 한마디
거봐, 넌 할 수 없어

맘 다잡고
플래너에 꾹꾹 눌러쓴다

난 공부를 잘 할 수 없어
난 알바를 잘 할 수 없어
난 뭐든지 잘 할 수 없어

플래너를 상자에 넣어
꽁꽁 봉한다
땅속 깊이
상자를 묻는다

깊이 고개 숙여 묵념!
'난 할 수 없어'여
편히 잠드소서!

* 출처 : 『영혼을 위한 닭고기 수프 2』

가지 마세요, 쌤

다른 쌤들은 애들이 인사하면
그래, 하거나 그냥 지나치는데
우리 쌤은 애들한테 먼저 인사한다

별일 없지?
밥 많이 먹었어?
구름 참 예쁘다!
오늘 기분 좋아 보인다

선생님 인사를 받고 나면
왠지 잘 지내고 싶고
밥맛이 좋고
하늘도 올려다보고
사소한 일에도 기분이 좋아진다

머리 염색해서 학주한테 혼난 선호에게
멋진데 어디서 했어?

쌤도 하면 선호처럼 멋지겠냐?
묻는 우리 쌤

1등한 지원이보다
맡아 놓고 꼴등하다
모처럼 꼴찌서 3등한 재석이를
침이 마르도록 칭찬해 주는 별난 사람

툭하면 아빠로 생각하라던 우리 쌤이
갑자기 학교를 그만두신다 해서
우리 반 애들 다 안 된다고 우겼다
자식들 두고 어딜 가시냐고

톡, 톡, 찾아오는 기적 만나기
─ 낯설고, 눈물 나고, 웃게 하는 청소년 시

장정희

1. 불편함, 편안함, 그리고 다정함

김애란 시는 젠체하지 않아. 고상한 말로, 우릴 가르치려 들지 않아. 그냥 우리에게 말을 걸어 주고, 우리가 했음 직한 대화를 시인도 이미 했다는 걸 솔직하게 우리에게 그대로 보여 주고 있어. 그건 우리가 김애란 시인에게서 느끼는 안도감 같은 거야. 바로, 우리 편이라는 거야.

> 저녁밥 굶고
> 이불 뒤집어쓰고 누우니
> 우주미아 된 기분이다
>
> ─「쉬운 일이 없다」 부분

엄마가 부재한 집, 저녁밥 굶기는 밥 먹듯 아닌가? 우주
미아? 반겨 줄 이도 밥해 줄 이도 없는 집은, 그야말로 광활
한, 위로 아래로 무한 확장되는 무한일 뿐인 빈 공간, 그런
공간 아닌가? 얼마나 외로웠으면. 어린이가 아니라도, 청소
년이 된 우리에게도 그만큼 '집'은 중요하니까. 이건 농담이
아니야!

그런 중에 톡 날아와 주는 담임 쌤의 한마디는 GPS 신호
로 우릴 찾아 붙들어 주는 인공위성 같아. 그래, 인공위성에
라도 두 발을 딛고, 푸르디푸른 지구를 내려다보면서 우리
는 꿈을 꾸어야 할 거야.

인간은, 아니 엄마는, 아니 아빠는, 아니 우리 모두는 저마
다 잘못을 하며 살아가고 있어. 그런 일상이 그리 나쁘게 느
껴지지 않아. 김애란 시에서는.

술 취한 아빠의 폭력이 쌩쌩 달리고
성난 엄마의 욕설이 쌩쌩 달리고
나뒹구는 가구들이 쌩쌩 달리고
동생들의 울부짖음이 쌩쌩 달려서
내가 닿을 수 없는 곳으로
싹 다 날아가 버린다

나도

아무도 닿을 수 없는 곳으로

쌩쌩 달려서 흔적도 없이

날아가 버리고 싶은데

참 이상도 하지

어디선가 쌩쌩 날아와서 내

뒷덜미를 낚아채는 선생님 말씀

—「바보 같은 선생님 때문에」 부분

이쯤 되고 보면 집은 하나의 전쟁터일 거야. 가장 편안한
게 집이라고? 서로 불편한 관계들이 모여서 삐걱거리는 집
들의 이야기. 그래도 참 다행이지, 뭐. 쌩쌩 달리는 오토바
이를 타고 "아무도 닿을 수 없는 곳"으로 날아갈 수 있으니.

그래, 김애란 시는 삐걱거리는 우리의 불편함을 이야기
해. 솔직히 우리가 살짝살짝 감추고 있거나 감추어 온 그런
것들. 그렇지만 이상하지? 어느새 그 불편한 이야기들은 내
이야기, 우리 이야기가 되고 말아. 불쑥불쑥 눈물이 난다니
까. 찡하게 가슴도 아파 오고. 그러다가 우리는 그냥 말랑말
랑해져 버려. 그래서인가, 김애란 시는 그저 마음이 놓이고
편안해져.

왜 그럴까? 그게 뭘까, 생각해 보면 바로 이거야. '쌤'이라
부르는 담임 선생님의 존재. 에잇! 잘못도 없는데 잘못을 비
는 선생님. 그 정다움. 참 "바보 같은" 선생님이지만, 그래서

정다운 거야.

"바보 같은" 선생님이 얼마나 바보 같으냐고? 「선생님이 된 날」을 보면, 늦잠 자다가 세상에, 3교시 중간에 나타난 지각 학생을 혼내지도 않고 선생님은 역할을 바꿔 보자고 제안하고 있어. 그러자 어떻게 되었게? 선생님이 된 지각생 왈, 다음부터는 그러지 말라고. 부드럽게 타이르지.

학생하고 담임하고 뒤바뀐 순간. 우와! 바로 이런 교육 방법을 우리는 김애란 시에서 찾았어. 맨날 맨날 가르치려 들지 말고 365일 중 몇 날만이라도 학생의 자리에서 배워 보려는 그 마음. 그래, 그래. 어렵지 않네? 이렇게 간단한 걸 왜엄마 아빠는 못 하는 걸까? 우리는 김애란 시를 읽으면서, 우리의 엄마 아빠가 "바보 같은" 선생님처럼 좀 더 바보스러워지면 어떨까 생각해.

2. 연기로 가려진 담배 골목, 우리의 피난처는 어디?

나 참, 집에서는 말 못 해. 들키는 날엔 완전 뒤집어질 테니. 자기 앞의 얼굴도 못 알아보게 희뿌연 담배 연기를 만들어 놓고, 가끔 그 속으로 파묻히고 싶기도 하지.

아이들이 피우는 담배 연기로
가득 찬 골목
학교에서 야단맞고
엄마한테 걱정 듣고
가슴 답답해질 때면
그곳에 간다

그곳에는 문신한 형이 있고
담배 피우는 누나가 있고
욕하는 또래가 있고
껌 씹는 여동생이 있고
쌈질하는 남동생이 있다
나와 닮은 아이들이 있다.

— 「담배 골목」 부분

외면할 수 없는 우리 이야기들, 따뜻하게 감싸주는 김애란 시. 그래, 그럴 수 있겠다 싶은 이야기. 그렇게 솔직하게 나누고 싶은 이야기. 그래서 더 진실에 가까워지는 듯해. 인간은 불완전하고, 우리 청소년은 더욱 좌충우돌 질풍노도의 시대잖아?

카톡창의 대화는 시보다 또 하나의 시를 읽는 것 같아. 마치 시들은 마치 내 스마트폰으로 쏙 들어온 듯이 은밀하고 가깝게 느껴져. 때로는 조용히 다가와 우리의 앳된 감정과

양심을 흔들어. 피시방 골목에서 일짱 패거리에게 맞는 짝꿍을 보고 왜 신고를 못 했을까…….(「쪼그리고 자기」) 하고 말야.

학교가 지옥이고, 입시 감옥같이 느껴질 때가 있어. 그렇지만 김애란 시에 나오는 또 다른 우리는 학교는 '기적'을 찾고 있어. "보고 싶다. 학교 와라" 이 한마디의 부름에 우리는 완전 해방이야. "쌤, 저 지금 가요!"(「지금 가요」) 하고 힘껏 뛰어가는 우리. 우린 "아무짝에도 쓸모없는 놈"(「우울증」)이 절대 아니었다니까.

"잘하고 있어."

"다 잘될 거야."

이 한마디에, 우리는 기적이란 번갯불에 내리꽂히는 불덩이들. 사막에서 오아시스를 찾아다니는 우리의 방황과 질주. 그 속에서도 '쌤'의 위로는 언제나 마음의 피난처야. 그러니까 학교에서 기적을 만나는 건 그리 어려운 일이 아니었어, 그렇지?

3. 학교와 사회의 경계인, 희망이란 아름다움

이거 참, 학생인 거야, 사회인인 거야? 고시원이라는 동네. 이런저런 사정으로 들어온 곳. 쪽방들이 다닥다닥 붙어 있는 이곳. 그런 만큼 오밀조밀 사연도 많지. 집 없는 고딩들, 일용직 노동자들, 대학생, 회사원, 엄친아, 가출한 애들……. 학교와 사회가 반반씩 섞여 있는 이곳에서 생활하는 우리 청소년들의 이야기를 알고 있어?

김애란 시는 그저 담담하게, 고시원에서 지내야만 하는 한 무리의 우리 이야기를 들려 주고 있어. 바깥에서는 잘 보이지 않는 이야기들. 그래서 어떤 주인공은 창문 없는 고시원 방에 창문이라도 그려 넣었지(「고시원에서 창문 달기」). 학교 가고 알바 뛰고(「고시원에서 빨래 널기」)……, 포기할 수 없는 건 희망이지.

> 모로 누워 자다 꿈결에 발을 뻗자
> 침대 끝에 쌓여 있던 책이 도미노로 무너진다
> 시시콜콜한 잡동사니까지 추리고 버렸건만
> 버려야 할 것이 또 남아 있다
> 버릴 때마다 통증처럼 찾아오는 허전함은
> 좀처럼 익숙해지지 않는다
> 외로움을 달래주던 만화책 아끼던 소설책
> 영원히 간직하고 싶던 시집까지
> 동침하기엔 불편한 살이었다
> 한 평 남짓한 방 안을 가득 메운
> 아침인지 저녁인지 알 수 없는
> 이 모호한 어둠을 먼저 버리고 싶다

이 비대한 어둠 속에 갇혀 나는
포도원에 들어간 여우의 교훈을 기억한다
만화책을 추리고 소설책을 덜어내고 시집을 빼다
추억을 버리고 미래를 줄인다
살아 나가기 위해 기를 쓰고 하는 고시원 다이어트

아무리 내 생이 비좁다 해도
희망만은 버릴 수 없다

—「고시원 다이어트」 전문

좋아하던 만화책, 소설책, 시집, 한때 몸의 살과 같이 애착을 가졌던 것들. 하나하나 줄여 나가야 하니까 '다이어트'야. 하지만 김애란 시는 아무리 빼고, 줄이고, 버린다 해도 꼭 하나 버릴 수 없는 게 있다고 말해. 바로, 희망!

희망은 아름다움의 또 다른 이름이야. 한 평 남짓한 방, 창문도 없이 어두운 방. 창살 없는 감옥이 뭐 딴 거겠어? "시험 걱정 취직 걱정 돈 걱정" "돌멩이같이 단단한 걱정들"(「사랑스런 내 운동화」)이 우굴우굴한 고시원 사정들. 읽는 내내 가슴이 저며 왔어.

학생이라는 내면을 지키기 위해 사회의 외피를 뒤집어쓰고 있는 곳. 고시원은 그런 곳이야. 학생도 아니고, 학생이기도 한 우리들. 그래도 언제나 담임 쌤이 보내주는 카톡이 있어서, 좀 더 학생에 더 가까워지고 있는 건 기적 같은 일이야, 그치? 김애란 시는 청소년을 위한 따뜻한 포옹이야. 말 없이 슬픔을 꽉 물고 서 있는 우리 청소년들, 그냥 폭 안아 주니까.

공장, 외식업체, 호텔, 편의점……. 현장 실습은 늘 '꿈' '설렘' '기대' 이런 낭만을 상상하게 하지(「뿔뿔이」). 하지만 '표준 협약서'랑 '근로 계약서' 따로 쓰고 '연장 근무' 해야 하는 '캑캑' 부끄러운 현실(「따로국밥」). 일찌감치 사회의 이중성을 경험해야 하는 경계인 청소년을 생각해 봐.

언제나 우리는 이 사회에 발목 잡힐 준비가 되어 있어. 우린 약자니까.

온갖 허드렛일
하고 또 해도 쌓인다
쉴 틈 없이 돌아가는 기계
매달리고 매달려도 끝없다
야간 근무에 휴일 잔업
더는 못 참겠다

현장 실습 그만두고
학교로 간다
시집갔다 이혼하고 온
누나 맘이 이랬을까

퍽퍽

누나 등 때리며 울던 엄마

학교도 내 등 때리며 울까?

끝내 안아 주던 엄마처럼

꼭 끌어 안아 줄까?

—「잘했어」 부분

아무리 어린 사람이라도 함부로 다루는 기계는 아니지.
기계의 부속품처럼 나사로 조이고, 필요할 때 막 부려먹고
그러면 안 되지. 기계에 맞춰 일을 하다 보면 어느새 우리 손
과 발, 몸짓 발짓이 모두 기계화되어 버려.

그런데 기계만 기계가 아니야. 학교라는 공장, 그 속에서
노동하며 성적 올리는 학생 기계가 있지.

공부만 시키는 학교 다니기 싫다

선생님 설명 못 알아듣겠다

재미없다

엎어진다

잔다

공부만 관심 있는 부모님

내 마음 관심 없고

성적만 물어보신다

차라리 성적 올리는 기계를 낳지

이따금
운동장 다섯 바퀴쯤 돈 것 같이
심장이 두근거린다
가슴이 답답하다

콜록콜록 기침이 난다
멈추지 않는다
죽을 것 같다

담임 처방대로 해 본다
내 오른손을 쌤 손으로 생각하고
왼손을 꼭 잡는다
숨을 천천히 들이쉰다
천천히 내쉰다
좀 살 것 같다

—「기침이 난다」 전문

'재미없다-엎어진다-잔다' 어때? 우리들 학교 교실에서
늘 보는 낯익은 풍경이지 않아? "내 마음"은 학교에서 집에
서 늘 관심받길 원해.

몇 번씩이나 공감하면서 탕탕 가슴을 쳤지. 답답하던 가
슴이 좀 후련해지는 기분? 우리는 너무나 많은 것이 하고 싶

은 사춘기인데, 공부 생각만 해야 하다니. 담임의 "처방"은 매번 가벼운 듯 정답게 왔지. 하지만 이 시에서만큼은 아니야. 견뎌 내야 하기 때문에 그래. 쌤의 톡 한마디라도 받을 수 있는 상황이 아니기 때문이야.

"내 오른손을 쌤 손으로 생각하고/왼손을 꼭 잡는다". 세상에! 놀라운 처방전이야. 가장 절박한 순간 한 사람을 두 사람으로 만들어 주었어. 무엇보다 이 처방전은 마음의 처방전이야. 쌤에 대한 믿음이 있었기에 효과가 나타나는 처방전.

처방전의 1순위는 관심이야. 그래, 그리 많은 관심이 우리에게 필요한 건 아닐 거야. 「바다라 생각해 주세요」에서처럼 3%면 충분한걸.

3%의 쌤, 3%의 기적, 3%의 위로, 3%의 관심……. 김애란의 시에서 찾아낸 3%. 이제 우리들의 3%를 찾아보자구. 그러면 바다처럼 존재할 수 있는 '우리'가 될 것 같아.

4. 학교, 꿈, 기적, 우리의 랩 독백 듣고 있어?

김애란 시는 우릴 뜨겁게 해. 아무리 비좁은 방, 창문 없는 방이라도, 이처럼 따뜻하고 눈물이 가득한, 뜨거운 시는 퍽 오래간만이야. 몇 번이고 읽고 되뇌고, 나도 모르게 또 읽고 있어. 김애란 시인을 만나면 꼭 말하고 싶어. "이 시집에는 또 다른 나의 한쪽이 있어요."라고.

김애란 시에서 우리는 우리 자신의 독백을 듣게 돼. 가끔 가끔 시집을 펼치면, 우리를 위로해 주는 시인의 따뜻한 눈을 만나게 돼. 한 편 한 편 읽다 보면 아픔과 아픔이 서로 이어지려고 해. 그러다가 피식, 함께 웃어 줄 것만 같은 시들이 가득이야. 학교와 사회의 경계를 왔다 갔다 하면서 지내야 하는 청소년들. 우리는 서로 닮은꼴이야.

우리는 함께 학교에서 일어날 '기적'을 꿈꾸고 있어, 그치? 우리, 거창한 이야기 하지 말자고. 비루하고 비참한 인생 이야기는 마치 어른들 세계의 전유물인 것처럼 떠들지만, 꽃잎처럼 섬세한, 꿀물처럼 달콤한, 꽃봉오리 속 세계에도 얼마나 깊은 아픔이 꿈틀거리고 있는지, 그걸 어른들은 알까?

우리의 삶은 디테일 그 자체야. 청소년기를 지나는 우리의 삶도 마찬가지지. 마치 씨줄 날줄이 교차하며 조밀하게 짜인 직조물처럼. 그렇지만 직조물은 조그만 불씨에도 너무나 가볍게 구멍이 나거나 후룩 타 버릴지 몰라. 그런 두려움의 곡예를 우리는 늘 상상하지. 그럴 때 우리의 쌤은 「스프링클러」에서처럼, 시원한 물줄기를 쏘아 줄 거야.

기적을 만나는 일.

그것은 톡, 톡 주고받는 카톡 대화 속에서도 가능할까?

「그런」에서는, 단 두 개의 대화창으로 시가 이루어져 있어. 카톡창, 김애란 시는 가끔 텍스트를 디지털 이미지화하고 있어. 은근히 마력적이야. 시를 쓰듯이 카톡을 하면 세상이 엄청 변할지 몰라!

> 쌤
> 내가 살고 싶은 세상은요
> 아프면 아프다고
> 힘들면 힘들다고
> 말해도 되는 세상이에요
> 그런 학교
> 그런 회사
> 그런 나라

> 쌤이 되고 싶은 사람은
> 너희들이
> 아프면 아프다고
> 힘들면 힘들다고
> 말해도 되는
> 그런 사람이다

—「그런」 전문

'그런'이라는 수식어는 우리가 살아가는 세상에 대해 이야기해. '그런' 세상이란 그냥 "아프면 아프다고" "힘들면 힘들다고" 말해도 되는 세상이야. 사람답게 사는 세상이지. 내가 '나'로 살아가도록 해방되는 세상이지. 그러니 굳이 이래라저래라, 이게 옳아 저게 옳아, 이런 말 필요 없지. 우리들 마음의 자유와, 고삐를 놓고 무작정 달려가 폭 껴안길 수 있는 '그런' 사람 한 명쯤 있다는 걸 시인은 곁에서 속삭여 주고 있어. 그래, 김애란의 시는 '말해도 되는' 것을 '말하고 있는' 시야.

5. 덧붙여, 기적 찾기의 경험

솔직히, 처음부터 김애란 시와 친해지기는 쉽지 않을 거야. 그러나 낯선 내면, 그게 바로 우리의 아픔, 나의 진실이라는 걸 알게 되면서, 점점 빠져들게 될 거야.

기대해 봐, 이 시집의 마지막에는 완전 반전이 기다리고 있어.

내가 담임을 만난 건 기적이다
라고 쓴다
또
담임이 말한다
모든 게 다 기적이다
라고 쓴다
언젠가 담임이 보낸 톡이다
구체적으로
담임이 말한다

제비가 집 짓는 일
또
새끼 낳아 키우는 일
또
내가 학교 다니는 일
또
쌤이 학교 다니는 일
또
담임이 보낸 톡 말고는 생각이 안 난다

담임이 교통사고로 누워 있는
친구 얘기를 해 준다
그에게는 걷는 것도
손을 움직이는 것도
똥을 누는 것도
기적이 일어나지 않고는
할 수 없는 일이란다

덧붙여 쓴다
내가 걷고 뛰고 달리고
손 흔들어 인사하고 웃고
밥 먹고 똥 누고 오줌 누고
옷 입고 신발 신고
가방 메고 핸드폰하고

축구하고 썸타고 알바하고

공부하고 책 읽고 음악 듣고

그리운 엄마가 있는 것도······

쓰다 보니 어느새

모든 게 다 기적이 된다

—「내 인생에 기적」 부분

그래, 기적 찾기야! 이 한 권의 시집은, 그 자체로 기적 찾기였어. "쓰다 보니 어느새/모든 게 다 기적이 된" 것처럼, 읽다 보니 어느새 모든 게 기적이 된 거야. 그런 경험 한 번쯤 해 보는 것. 꽤 설레는 일인걸?

굳이 덧붙여 써 본다면······, 바로 바로, 짜짠! '난 할 수 없어'가 '난 잘 할 수 있어'로 바뀌는 순간의 경험이지.

깜찍한, 발칙한! 김애란 시를 이렇게 읽어도 되는 거야? 점점점.

張貞姬 | 아동문학가 · 방정환연구소장